KB037718

그 잠깐 소낙비에

그 잠깐 소낙비에

지은이 · 박영희
펴낸이 · 유재영
펴낸곳 · 주식회사 동학사

1판 1쇄 · 2017년 11월 15일
출판등록 · 1987년 11월 27일 제10-149

주소 · 04083 서울 마포구 토정로53 (합정동)
전화 · 324-6130, 324-6131 | 팩스 · 324-6135
E-메일 | dhsbook@hanmail.net
홈페이지 | www.donghaksa.co.kr
　　　　　www.green-home.co.kr

ISBN 978-89-7190-608-8 03810

※ 저자와의 협의에 의해 인지를 생략합니다.
※ 잘못된 책은 바꾸어 드립니다.

그 잠깐 소낙비에

박영희 시조집

Sijo Poems by Park Young Hee

동학사

우리 시조의 매력에 이끌리면서
그 울림을 묵화의 여백에 담고 싶은
마음이 일었습니다.
평소에 마음공부를 하면서
생각을 내려놓으려 노력해 왔습니다.
쌓이는 마음을 다 비우지 못하는 그늘이 있어
그 한 켠에 묵화 몇 점을 곁들여
이 작은 시집을 올립니다.

용기 내도록 도와준 가족과
시를 영문으로 옮긴 손녀에게도 사랑을 전합니다.

2017년 가을에
박영희

그 잠깐 소낙비에 박영희 시조집

그 잠깐 소낙비에

by Park Young Hee

풍죽風竹

바람 소릴 그려 볼까
화선지를 펼친다

세월 묻은 흔적 찾아
먹물에 대자*를 풀면

수묵향 머언 가슴으로
배어드는 세죽細竹 울음

---

* 대자석(代赭石)으로 만든 갈색을 띤 천연 안료.

영지影池

물그림자 이리 맑아
서라벌도 비치일 듯

사직의 흥망이라
아녀자 뜻 밖일까 만은

아사녀 혼 담아 천 년
하늘 비낀 저 물색

금산사의 밤

해제일* 빈 저녁
보궁 뜰에 내린 적요

떠오를 둥근 달을
서성이며 기다렸다

저녁 종
어둠 가른 이 길로
먼 데 사람 오시기를

―――――――――――
* 하안거나 동안거 수행이 끝나는 음력 7월 15일과 1월 15일.

삼청각에 올라

뻐꾸기 우는 소리
가는귀가 밝아온다

유월도 그믐께에
언덕길 올라 보니

문안의 어제오늘이
새소리만 하던가요

들찔레 지는 날

관악산 햇뻐꾸기
초록을 물어오니

녹음 흘러 만파인데
일품향 오롯터라

소박은 본디 우리 것
가는 정이 더 은은타

천성산 물소리

내원內院 선방禪房
뒷담 아래
상사화 홀로 핀 날

발우공양 세 끼니에
졸고 계신 노승 대신

죽비로 맞고 섰다
계곡 씻은 물줄기

내소사에서

천년 울음 가을빛에
눈시울이 붉습니다

능가산 지나서 온
바람이 법음法音 되어

고요한 마음 뜨락에
절집 하나 삽니다

속삭임

산 그늘 묻은 여울에
잔설이 아직인데

꿈조차 없는 밤을
모로 누워 뒤척인다

이른 봄 매화 멍울에
가만가만
듣는 비

묵화

잠긴 노을 서러운 날
먹물 찍어 붓을 든다

은혜로운 이 하루가
너로 하여 소슬할까

단숨에
능선 한 획이
하늘을 받쳐 선다

선禪

착하라는 말을 따라
양보하고 포기하고

나보다 네가 좋기
바라바라 살았는데

실상은 네가 나라니,
선도 악도 아니라니

Zen

Following the words be good,
I yielded and gave up

Lived hoping, hoping
That you'd fare better than I

When after all you are me,
Neither good nor bad can it be

그 자리

빈 하루
소식 없이
바람 기별
한 줄 없이

그 잠깐 소낙비에
나리꽃이 지는 나절

울 아래
당신 자리엔
산그늘이 내립니다

That Space

Empty day without a word

Not a line of notice from the wind

When lilies fall off

During that quick shower

Mountain-shade seeps

Into your space below the fence

내린천의 밤

기다림에 지친 별들
소나기로 쏟아진다

한밤을 찢는 뇌성
쓰다 버린 편지인가

못다 한 삶의 애기들
돌자갈로 구른다

Night at Naerin Creek

Stars weary of waiting
Fall as a shower

A thunder piercing the night
Is it the letter torn up mid-page?

Life's untold stories
Roll along as pebbles

눈 내린 새벽

창밖엔
밤을 두고
몰래 핀 꽃 눈부셔라

엄마가 갖다 놓은
머리맡 선물 같아

그리움 환한 눈물에
뛰쳐나간 새벽길

Dawn in Snow

Out the window

A dazzling flower bloomed

In secret through the night

As if Mother placed a present

By my bedside

To the dawn streets I run out

In tears radiant with longing

눈보라

사무친 꿈이던가
한恨도 깊은 설움이던가

비워 둔
내 뜨락
닫아 잠근 창가에

진종일
휘몰아치는
그 태동胎動 심박心博 소리

Snowstorm

Must have been an aching dream
Must have been a profound sorrow

My yard
Emptied
By the locked up window

All day
A snowstorm
Rages in my heart

봄 편지

벗꽃이 만발하면
그 그늘서 보자던

약속은 간데없고
시드는 꽃바람 길

저만치
홀로 가는 봄
온 적 없다 전하란다

Spring-note

That promise to meet

Under full cherry blossoms

Nowhere to be seen

While the flower-path wilts

Spring fares far by itself

Spread the word, it was never here

신록사에서

여강驪江 따라 흰 버들
전탑 하나 우뚝 서다

청태 낀 기왓장에
차곡히 포갠 꿈은

세월로 맥을 잇는
고려 불교 먼 메아리

꿈길

꿈속 내 고향엔
밤새도록 비가 내려

불어난 냇물 깊어
고향집엘 못 갑니다

아련히 어린 날 불빛만
꿈 밖인 듯 환합니다

성묘

산인 듯 훤칠한 키
하늘 덮고 누우신 이

제일祭日엔 모시옷 입고
구름 타고 오시더니

어느새
억새 능선에
손 흔들고 가시는가

침계루 寢溪樓

물소리 잠에 든다
산허릴 베고 누워

산성에 꿈을 두고
서산 너머 지는 하루

산수국 꽃길 밟으며
나를 뉘는 내 그림자

오체투지

— 티벳에서

설산을 돌아들어
내려서니 그을린 땅

무소유도 욕심이던가
모두 버린 오체투지

땅 위엔 더 내릴 게 없어
하늘길 열어간다

강화 갯벌

물도 뭍도 아닌 가슴
서해 멀어 몇 백리

강화 갯벌 함초 밭엔
외기러기 실낱 울음

무심한 거룻배더러
임당수를 묻느니

다시 아침에 서다

어제 내린 장맛비에
죽순처럼 자란 안개

불어난 물소리에
산도 숲도 다 잠긴 날

만상아 깨어나거라
울어 범종 새벽송

행복 하나

괸 머리 무거운 날엔
국화차 달여 낸다

내리는 찻물 소리
계곡물 흐르는 소리

창밖에
감나무 가지가
들어 올린 가을빛

수덕사

가사 장삼 늘인 자락
적막에 다 젖는데

술내 타는 열반 길엔
진종일 비가 내려

산사도 소리 잠그고
묵언에 듭니다

44

풀벌레

이슬은 언제 먹었나
목청 맑아 푸른 노래

천지가 내 집인 걸
무소유란 말 말아라

하늘에 줄지은 계절
내 부름 기다린다

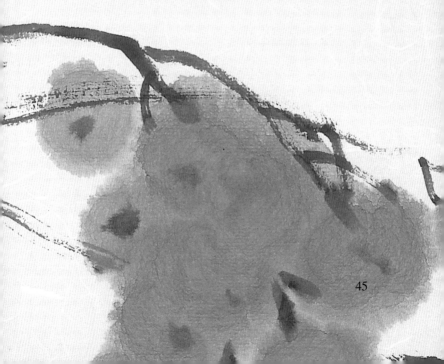

향일암 동백

적막을 깨뜨리는
새벽 목탁 소리에

붉은 해 살라 먹다
목을 데어 던졌는가

저 낙화,
환한 열반에
금이 가는 천년 바위

고고 呱呱

출사표出師表 치켜들고
필마匹馬 나선 벌판

여명의 북소리에
울음도 축복이라

천진한 미소 하나로
온 세상을 품어 본다

모닥불

어둠에 저항하는
화려한 고집이다

사라져가는 것들
처연한 고통 앞에

봄 이른 꽃 시새움을
기도처럼 밝힌다

사월에

라일락 높은 향기
손에 상큼 만져지면
사무친 마음 한 쪽
하늘길에 흘려 본다
하얗게 날리는 꽃잎
와도 가도 설렘인 걸

피면서 지는 꽃을
지켜보며 나이 들고
한 생애 헤맨 그리움
그게 바로 나인 것을
알 듯도 모를 듯하여
떴던 눈 다시 감고

In April

When the scent of lilacs

Is within hand's reach

I shed a corner of my sinking heart

Into the sky road

White petals flutter in the air

With the coming and going

I age watching

The flower that wilts as it blooms

Knowing yet not quite knowing

That I am in fact

A lifetime of aimless longing,

And close my opened eyes

산작약

넉넉한 산빛도
네 덕인 줄 알았다

비 오고 바람 불어
흔들리는 이 저녁

산이 준
환희의 눈물
두 손으로 받았다

Mountain Peony

I thought even the full mountain-light
Came by virtue of you

This evening, trembling from
Rain and wind

Mountain peony
Received even the tears
With both hands

상사화

언젠가는 만나리라
맨가슴이 흔들렸다

일생을 숨바꼭질
그 형벌도 감사하며

잊지 말란 그 한마디
여윈 목을 감아 돈다

Magic Lily

My bare heart fluttered in void
In hopes of seeing you someday

A lifelong hide-and-seek
Grateful for the punishment

A simple 'forget me not'
Curves around the lean neck

소풍

그리워서 멀어라
흰 구름 찾는 그 길

해종일 뻐꾸기는
목을 놓아 우는데

간절함 하나면 된다기
겁 없이 나선 맨발

Picnic

Distant with longing
That road in search of white clouds

While the cuckoo
Cries all day unrestrained

Bare feet taking the road
For all it takes is yearning

승가사

아름다운 이 세상에
네가 없어 슬픈 날은

법당에 꽃공양 올리고
맺힌 마음 쉬어 본다

두견이 맑은 깨우침에
지레 붉는 온 봄 산

Temple Seung-ga

A world beautiful like you
On a sad day without you

I offer flowers to the Buddhist sanctuary
And rest my bruised heart

The clarity of cuckoo's enlightenment
Reddening all of spring-mountain

설야雪夜

밤새도록 따슨 얘기
쌓아가는 눈발이라

저승의 엄마 소식
문풍지에 우는 울음

구만리 이별이라도
눈물 속에 금시구나

먼 그대

임이 떠난 빈 절간
풍경마저 말 잃는데

목백일홍 가지 끝에
붉은 물감 돌아들면

갈맷빛 염불 소리도
혼자 듣기 목이 멘다

빨래

공중에 활개 펴고
다시 사는 삶인 것을

못다 가린 부끄럼
못다 벗은 집착을

훨훨훨 허공에 털면
가벼워지는 두 날개

고향 생각

두릅 향 은은하다
밥상 위에 먼저 온 봄

냉이국 고향 맛에
푸른 소식 묻어오면

강기슭 흘러온 내력
주름져 우는 세월

대보름

어린 적엔 바닷가로
자라선 솔 그늘로

아홉 남매 나란나란
팥알 세며 밝힌 기원

오늘은 어머니 얼굴이
둥근 달로 오십니다

어미 새

살아서
살아남아서
네 곁에 머물기를

때 묻은 온기 전할
단 하나 소망으로

오늘도
못난 어미 새
찬비 맞고 섰는가

어제는

아직도 들리는 걸
아직도 보이는 걸

강산을 굽이치는
강물 소리 꽃다지들

목숨이 축복인 것을
아프다고 투정했네

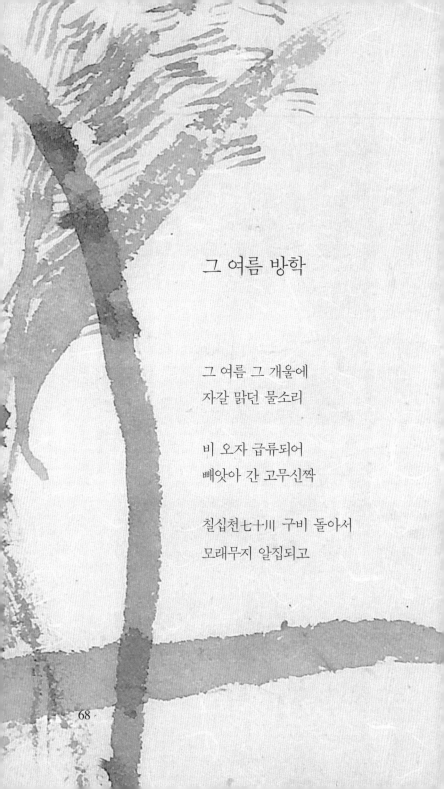

그 여름 방학

그 여름 그 개울에
자갈 맑던 물소리

비 오자 급류되어
빼앗아 간 고무신짝

칠십천七十川 구비 돌아서
모래무지 알집되고

사십구재

입잿날 오던 비가
막잿날에 다시 오니

정 많고 눈물 많던
가신 임의 마음인가

미련이 덧없다 하나
젖는 빗물 어찌할까

황산

대숲 길 따라가는
첩첩 벼랑 겹겹 골짝

안개구름 곰삭아서
물소리로 우짖는다

두견화
탑산 꼭두에서
천년 울음 붉어라

사자림

사자림 숲 그늘에
눈서리 밤새 내려

얼음꽃
주절주절
전설인 양 피는 날엔

내 마음 망망운해에
이슬배를 띄운다

여섯 살 추억

싸리문 밖 대추나무
하늘 키에 닿아 있어

외종 오빠 장대 끝에서
쏟아지던 별똥별

외갓집 안마당 거기
내 은하수가 있었다

Six year-old Memory

Jujube tree outside the twig gate
Touching the height of sky

Stars shooting out from
The tip of my cousin's wooden pole

There, at my grandparents' courtyard
Lay my Milky Way

으아리꽃

산둥네 외딴집에
다퉈 핀 으아리꽃

어릴 적 색동저고리
보랏빛 통치마다

가만히 사립짝 열고
누굴 그리 기다리나

Clematis

In a remote house by the mountain
Clematis blooms in haste

Like the kaleidoscopic Jeogori
And violet skirt from childhood

For whom does it wait
With twig gates wide open

이른 봄

얼음이 녹는다고
밭이랑에 기별 왔다

연녹색 우편 엽서
누가 써 보낸 건가

보낸 이 이름란에
봄이라 씌었네

Early Spring

The news of ice melting
Have reached the field ridges

Pale green postcard
Who has sent it

On the upper-left corner
Scribbled 'spring'

찔레

하얀 적삼 사이로
새어 나는 가슴이사

가시에 찔렸어도
향기로 웃습니다

백마강 천년 물길에
낙화로 지면서도

Wild Rose

Breast spilling out
From the pale jeoksam

Smiles in scent
Though picked by thorns

Though wilting and falling
Into the years of Baegma River

초사흘 달을 보며

누구의 가슴일까
초사흘 저 고집이

잊은 줄 알았더니
오작교에 걸렸구나

이 밤은 그대와 나뿐
감춘 속내 보여주오

Gazing the Crescent Moon

Whose breast is it

That crescent insistence

Thought it forgot

But it hangs on the Lover's Bridge

Just you and me tonight

Reveal your hidden heart

해 질 무렵

저물녘 산그늘이
먹빛으로 짙어지면

가슴마다 산작약이
바안히 꽃등 단다

기운 해 눈물일망정
기다림 헛될망정

At Dusk

When the mountain's shadow darkens
In ink black at dusk

Peonies hang dim-lit flower lamps
In every heart

Be it the tears of a tilted sun
Be it a futile wait

나그네

서산마루 노을로
어둔 밤 달무리로

때로는 눈보라 속
손이 곱은 바람으로

빈 바랑 채울 때까지
가는 뜻 뉘라 알까

봄 한나절

흰구름이 몸 식히고
지난간 창포 못에

옥빛 고운 하늘 향이
언제 이리 고였는가

고요 속 홀로인 넉넉함에
나를 잃은 나를 본다

시

사람 발길 하나 없는
유형流刑의 땅이다

약속은 기일 없고
자리는 차디차다

홀연히 내게로 와서
적막을 두드린 너

작품 해설

투명한 적멸, 혹은 상상력의 푸른 지평

박영희의 시조집에 부쳐

— 장석주(시인·문학평론가)

1

시인마다 자기의 문체가 있다. 문체는 피의 불가피한 기질이고, 무의식이 의식으로 복귀하는 과정에서 돌연 솟구치는 독창성이다. 시의 문체는 불연속적 태胎에서 태어난다. 감정적 격앙, 무의식의 심연, 찰나의 발견들, 오고 가는 계절들이 불러일으키는 상념들, 사물의 돌아옴, 반反-기억으로서의 꿈, 상실과 부재의 아스라함 ……. 이 모든 것들이 상상 세계 안에서 상호삼투하면서 시의 문체로 변용될 수가 있다. 다만 시를 쓰려는 자는 반드시 제 기억을 망각 속에 담갔다가 다시 꺼내야 한다. 기억의 날것으로는 시가 되지 않는 것은 망각을 거치지 않은 생짜의 기억은 메아리를 품지 않기 때

문이다.

시의 문체란 혼의 떨림, '개자리속' 야생초의 무심한 흔들림, 동물들의 포효, 암중모색하는 씨앗들이 침묵하는 가운데 벌이는 분투, 우주라는 카오스의 펼쳐짐을 품는다. 문체는 머리가 아니라 몸에서, 아니, 피의 분출을 통해 나온다. 문체는 분열하고 겹쳐지면서 자기의 문체로 거듭난다. 시의 문체는 종종 아직 말을 배우지 못한 아기의 옹알이나 새끼 양의 무구한 울음소리를 흉내 낸다.

시의 문체 그것은 실현되지 않은 동작이거나 실현될 수도 있었던 동작이다.

2

한 권의 시집에는 그 안쪽으로 들어가는 입구가 있다. 시의 문들. 문의 입구이자 출구다. 세상의 무수히 많은 닫혀 있는 문이란 벽의 숙명에서 벗어나지 못한다. 시인 라이너 쿤체는 「자살」이란 작품에서 "우리는 아직 한 번도 세상의 모든 문을 두드려 본 적 없이 세상을 떠난다"라고 썼다. 누군가의 시세계로 들어가려면 입구에서 문을 두드려야 한다. 어떤 시인은 그 입구가 확연하게 드러나고, 어떤 시인은 그 입구가 희미하다. 그 입구 너머에 있는 것은 무엇일까? 그것은 시인들

마다 다르다. 그것은 장소가 없는 장소들이다. 그것에 '다른 나라', '은유의 정원', '유령 극장'이라는 이름을 붙일 수도 있다. 어쨌든 모든 시인들에게는 시로 이루어진 숲속 비밀의 정원으로 들어가는 입구들, 그리고 문이 있다. 우리가 그 입구, 문 앞에 서는 것만으로도 그것들은 정말 많은 말들을 들려준다.

이를테면 윤동주에게 '우물-거울'이고, 한용운에겐 '님'이며, 백석에겐 '굳고 정한 갈매나무'이고, 이육사에겐 '백마 타고 오는 초인'이며, 김수영에겐 '움직이는 비애'가 그것이다. 윤동주는 '우물-거울'을 통해 식민지 청년 지식인의 욕된 얼굴을 비춰보며 부끄러움에 몸을 떨었고, 한용운은 '님'을 통해 화엄세계의 황홀경을 엿보았으며, 백석은 '굳고 정한 갈매나무'를 통해 드난살이를 뚫고 나아갈 계기를 기어코 찾아냈으며, 이육사는 '백마 타고 오는 초인'에서 시공을 넘어서는 자유 세계를 꿈꾸었고, 김수영은 비, 눈, 바람, 구름, 폭포, 팽이 따위와 같이 온갖 움직이는 것들 속에서 움직여야 사는 것의 숙명적 설움을 비로소 체감할 수 있었다.

3
박영희의 시세계로 들어가는 입구를 찾기 위해 서성

93

거린다. 그 입구를 찾는데 도움이 되는 아무 단서도 없다. 있는 것은 고요와 적막뿐. 닫힌 감각을 열어젖히는 소리, 빛깔, 냄새를 찾아야 한다. 시는 현실의 잡답과 소란을 걷어내고 적막의 중심을 두드린다. 시인의 시세계로 들어가는 초입에 일주문—柱門이 서 있다. 일주문은 절집 어귀에 우뚝 서 있다. 양쪽에 기둥을 세워 만든 것으로 산문山門의 첫 번째 문이다. 일주문을 경계로 저 바깥은 속계이고 저 안쪽은 진계다. 일주문을 지나 절집으로 들어서는 것은 어떤 분별이 없는 한 마음에 든다는 뜻이다. 그리하여 거기에는 허상과 실상, 반야와 번뇌, 불가와 재가, 생사와 열반이 둘이 아니라 하나로 오롯해진다. 시인의 일주문은 다름아닌 "적막"이다. 그 "적막"이라는 문을 경계로 해서 세계는 바깥과 안으로 나뉜다.

사람 발길 하나 없는
유형流刑의 땅이다

약속은 기일 없고
자리는 차디차다

홀연히 내게로 와서

적막을 두드린 너

—「시」

　"시"는 적막을 두드리고 깨우는 그 무엇이다. 시인은 그 적막에게로 와서 그것을 두드리는 시의 기척에 귀를 기울인다. 시인이 처한 현실은 그다지 우호적이지 않다. 그곳은 "사람 발길 하나 없는 / 유형의 땅"이다. 기대어 꿈을 실현할 수 없는 절망의 현실이다. "약속은 기일 없고 / 자리는 차디차다"라는 구절을 보라. 그곳은 부재와 불길이 꺼지고 식어버린 재의 자리다. 시는 항상 불운과 불행이 있는 자리에 먼저 온다. 그것은 관대한 마음이고, 나누어야 할 삶이다. 실은 적막의 바깥도 적막이고, 적막의 안쪽도 적막이다. 어쨌든 누군가가 이 "적막"이라는 일주문을 건너서 "홀연히 내게로" 오는데, 그게 바로 "시"다. 이때 시는 구원의 목소리이고, 위안과 치유의 선율이다.

　적막의 자리는 흔히 산속이고, 절집이다. 어떤 사람에게 적막으로 꽉 차 있는 절집은 피정避靜의 자리, 안식의 거처다. 박영희의 시에서 '승가사', '수덕사', '향일암', '금산사', '내소사', '신륵사' 따위의 절집 이름이 자주 나오는 것은 자연스럽다. 절집과 더불어, 해제일, 공양, 선방, 죽비, 발우, 법음, 열반, 오체투지…… 따위 불교 용어들이 자주 나오는 것은 시인의 상상 세계가 불교와의 친연성이라는 기반에서 이루어지고 있음을 암시한다. 시인의 상상 세계에 녹아있는 불교는 생활이고, 일상 속 깨달음이며, 무아無我와 무주無住의 철학이다. 또한 이 시집에는 풍죽, 창포, 나리꽃, 매화, 함초, 동백, 청보리, 산작약, 들찔레, 상사화, 꽃다지, 찔레, 죽순, 벚꽃, 산수국, 목백일홍, 으아리꽃, 대추나무, 두견화, 라일락 따위의 식물들로 풍성하다. 한 자리에 붙박이로 사는 식물들의 세계를 침묵으로 뒤덮인 피동의 세계로 이해하는 것은 일면만 보는 것이다. 사실 식물들의 세계란 맹금들의 세계에 견줘 뒤질 게 없는 "숙명에 대한 저항이 가장 격렬하고 집요하게 펼쳐지는 곳"이다. 시인은 활발한 식물의 생태, 그 생명현상을 인간의 욕망에 비추면서 상상의 지평을 열어간다.

4
박영희의 시는 "마麻 3근"이다. 이게 웬 뚱딴지소리인가? 한 승려가 당나라 선승 동산洞山에게 "부처가 무엇입니까?"라고 물었다. 이때 동산은 "마 3근입니다."라고 대답했다. 선승 동산이 말한 "마麻 3근"은 불교적 성찰의 궁극이다. 그것은 아무것도 아닌 것, 무無와 공

쏘, 커다란 웃음, 신의 부정, 의지와 표상으로서의 세계에 작동하는 진리다. 작가 알베르 카뮈는 "불교란 종교로 변한 무신론이다."(『작가수첩 3』, 1957년)라고 했고, 철학자인 니체는 불교에서 "허무주의의 가장 극단적인 형식", 혹은 "더 이상 공격할 수 없을 정도로 피로한" 수동적 허무주의를 읽어냈다. 박영희가 찾아낸 "麻 3근"은 적막의 깨달음이고, 허무주의에 내재된 평안과 관조의 지혜다. 그러니까 박영희의 시들이 보여주는 어떤 맑음, 혹은 투명성은 적막의 맑음이고, 대상 일체를 지배하는 무위함과 달관에서 비롯된 시적 투명함이다.

적막을 깨뜨리는
새벽 목탁 소리에

붉은 해 살라 먹다
목을 데어 던졌는가

저 낙화,
환한 열반에
금이 가는 천년 바위
―「향일암 동백」

절집들은 대개 적막하다. 이 적막은 단지 소리의 부재가 아니라 사람의 가청可聽 범주를 넘어서는 대음大音인지도 모른다. 적막은 우주의 대음이다. 적막은 하늘과 땅 사이를 울리고 있지만 사람은 그것을 들을 수 없다. 이 대음은 곧 지극한 도道일 테다. 새벽청정 도량에 울려 퍼지는 "새벽 목탁 소리"는 적막을 깨뜨리는데, 실은 적막의 깊이를 돌려준다. 식물의 세계는 인고와 침묵을 바탕으로 이루어진다. 식물은 한 자리에 뿌리를 내리고 성장하며 그 자리에서 최후를 맞는다. 식물들은 자신을 붙박이로 매어두는 운명의 속박에 격렬하게 저항한다. 동백꽃에서 연상했을 "붉은 해 살라 먹다/목을 데어 던졌는가" 같은 구절은 그 숙명에 대한 저항이 얼마나 격렬한 것인가를 보여준다. 늘 인고와 침묵에 감싸여 있는 듯 보이는 식물의 정태성 속에서 해를 "살라" 먹고, 목을 "데어" 투척하는 역동성을 읽어낸 것은 놀랍다. 그 새벽 붉은 동백꽃이 모가지 째 툭툭 떨어지고 있었던가. 시인은 동백꽃의 낙화에서 "환한 열반"을 본다. 이는 에피파니epiphany의 찰나다! 직관과 통찰이 솟구쳐 평소에는 못 보고 못 느끼던 것을 홀연 보고 느끼는 것이다. 온 것은 가고, 핀 것은 지기 마련이다. 그게 만물에 작용하는 어김없는 법칙이다. 붉은 동백꽃이 지는데 그 "환한 열반"의 순간 향일암

"천년 바위"가 그것에 반응해서 "금이 가는" 것이다. 이 놀라운 사태는 적막이 만들고 연출해낸 것이다.

　　가사 장삼 늘인 자락
　　적막에 다 젖는데

　　솔내 타는 열반 길엔
　　진종일 비가 내려

　　산사도 소리 잠그고
　　묵언에 듭니다
　　　　　　　　　　　　　　　　—「수덕사」

　절집의 적막은 온갖 것에 스미고 젖어든다. 스님의 "가사 장삼 늘인 자락"도 적막에 젖는다. 이 적막은 부재와 소멸의 신호다. 모든 존재하는 것들은 소멸의 소실점을 향해 다가간다. 꽃들은 피고 지며, 동물은 나고 죽는다. 사람 역시 예외가 아니다. 사람이 죽는 존재라는 사실은 그가 누리는 자유와 생명이 뿜어내는 약동이 시한부라는 점에서 비극이다. 죽음과 더불어 그의 활동성은 정지된다. 그 정지를 뒤덮는 것은 다름아닌 적막이다. 이 절집에서 누구의 다비식이 있었던가. "솔내 타는 열반 길엔/진종일 비가 내"리고 있다. 다비식은 끝났다. 다비식에 모였던 사람들은 흩어져 돌아갔다. 산사는 다시 적막에 감싸인다. 이 적막은 죽음의 부재로 인해서 덧없이 깊어진다. 적막의 깊은 데로 들어간 "산사"는 그 적막 속에서 묵언 수행을 하는 것이다.

아름다운 이 세상에
네가 없어 슬픈 날은

법당에 꽃공양 올리고
맺힌 마음 쉬어 본다

두견이 맑은 깨우침에
지레 붉는 온 봄 산

──「승가사」

"네가 없어 슬"프다고 말한다. 그런데 슬픔에 젖은 마음으로 인해 "아름다운 이 세상"은 더욱 아름답게 느껴진다. "아름다운 이 세상"은 단 한 점의 유보도 없이 절대 긍정에 도달한 세상일 테다. 그렇지만 이 세상은 비극을 품고 있다. 꽃은 피어 만발하고, 만물이 생동하는 봄인데, 이 아름다운 세상에 오직 '너'만이 없다. '너'의 부재는 마음에 깃든 유례없는 슬픔의 원인이다. 너의 없음이라는 사태가 빚은 슬픔이 없었다면 이 세상이 저토록 처연한 아름다움으로 빛나지 않았을 테다. '나'는 슬픔을 억누르며 "법당에 꽃공양 올"리는데, 그때 먼 산에서 두견이 운다. 먼 데서 들려오는 두견이 울음 소리는 '나'의 여기 있음을 돋을새김하며 저 먼 산의 공간감을 확장한다. 이 공간감이란 곧 적막의 공간감이다. 내 마음 빈 곳에 홀연 "두견이 맑은 깨우침"이 깃들 때 봄산은 온통 "지레 붉"은 것이다.

> 해제일 빈 저녁
> 보궁 뜰에 내린 적요
>
> 떠오를 둥근 달을
> 서성이며 기다렸다
>
> 저녁 종
> 어둠 가른 이 길로
> 먼 데 사람 오시기를
>
> ──「금산사의 밤」

여기서 해제일은 하안거나 동안거 수행이 끝나는 음력 7월 15일과 1월 15일을 가리킨다. 해제일의 저녁은 "빈 저녁"이고, 그 텅 빔을 채우는 것은 "적요"다. 이 적요 속에서 '나'는 서성거리며 "둥근 달"이 떠오르기를 기다린다. 이 적요 속에서 만물은 상호삼투하며, 서로가 서로를 비춘다. 땅과 하늘, 물과 달, 허상과 실상, 부처와 부처 아닌 것은 서로를 비추며 서로에게 스민다. 이 서로 스밂과 비춤 속에서 만물은 분별을 지우고 하나의 궁극으로 융합한다. 「마하반야바라밀다심경摩訶般若波羅密多心經」에서 말하는 "색즉시공色卽是空 공즉시색空卽是色"이 뜻하는 바가 그것이다. 형체를 가진 모든 사물은 공에서 오고, 또한 공은 이 형체 가진 사물의 시작이다. '나'는 "어둠 가른 이 길로 / 먼 데 사람 오시기를" 기다린다. 기다리는 주체나 기다리는 대상은, 실은 둘이 아니라 하나다. 이 "적요"라는 큰 거울 속에서 부처는 부처가 아니며, 부처 아닌 것이 부처다.

5

이미 눈치를 챘겠지만 박영희의 수묵향에 젖은 시들은 엄격한 정형률 속에서 어떤 깨달음의 찰나들을 되새긴다. 현대시의 저 바깥에서 떠도는 시조의 정형률은 곧 정서를 주조鑄造하는 거푸집 같은 것이다. 시조에서 정형률은 형식을 규제하는 것이 아니라 오히려 내용 그 자체다. 만약 정형률이 시적 구속이 되었다면 그것은 사유와 상상의 파산이 그 원인일 테다. 시조의 정형률은 사유와 상상의 실체를 아우르는 즐겁고 자발적인 구속이다. 박영희의 단시조들, 삼엄하게 외재적 기율에 충실한 그 시편들에서 정형률은 시적인 것의 엄존 그 자체다. 그것은 삶의 필연적 선택이다. 왜 정형률인가라고 따질 수가 없는 자기와의 약속이고, 불가피한 운명이다. 조운의 시조가 그렇고, 이병기의 시조가 그렇고, 김상옥과 박재삼의 시조가 그렇고, 이우걸과 유재영의 시조가 그렇다. 우리 문학사에서 가장 좋은 현대 시조들은 정형률이라는 제약을 내용의 현전을 도약대 삼아 넘어선다. 그리하여 형식의 자유를 얻고, 내재적 초월성으로 자유자재하는 것이다.

산 그늘 묻은 여울에
잔설이 아직인데

꿈조차 없는 밤을
모로 누워 뒤척인다

이른 봄 매화 멍울에

103

가만가만

듣는 비

— 「속삭임」

　아직 이른 봄이다. 산 그늘에는 잔설이 희끗희끗하
다. 시의 화자는 웬일인지 "꿈조차 없는 밤을 / 모로 누
워 뒤척인다". 잠 못 이룬 채 땅을 가만가만 두드리는
빗소리에 귀를 기울인다. 이른 봄비가 깨우는 것은 얼
어붙은 땅속에 흩어져 있는 식물의 씨앗들이다. 식물
의 씨앗과 뿌리들은 이 봄비를 빨아들이며 싹을 내밀
고, 잎과 꽃을 피우기 위해 꿈틀거린다. 식물들의 분주
한 활동은 적막 속에서 이루어진다. 잠 못 이루고 모로
누워 뒤척인 것은 우주가 어떤 속삭임들로 그득 차 있
기 때문이다. 그 속삭임은 바로 매화 멍울이 터지려는
기척이다. 이 작품은 온 우주가 적막으로 가득 차 있는
봄밤, "매화 멍울"이 터져 개화하려는 찰나를 포착해서
드러낸다.

넉넉한 산빛도

네 덕인 줄 알았다

비 오고 바람 불어

흔들리는 이 저녁

산이 준
환희의 눈물
두 손으로 받았다

— 「산작약」

　"산빛"의 아름다움은 무욕한 것, 혹은 무위의 아름다
움이다. 저 "산빛"이란 대저 부동不動하는 것 앞에서의
흔들림이고, 찬란한 유동流動이다. 저것의 무위 앞에서
우리 욕망은 티끌의 수치스러움에서 벗어나지 못하고,
아울러 삶과 죽음의 분별은 쓸데없는 짓이다. 시의 화
자는 저 "넉넉한 산빛"에서 아름다움과 관용을 보고,
그 너머에 숨은 "너"를 본다. "산빛"이 넉넉한 것은 바로
"네 덕"이 있었기 때문이다. 비 오고 바람 부는 저녁,
'나'는 흔들린다. 이 흔들림에는 신산스런 생활에서 오
는 고달픔과 피로가 묻어 있다. 그런데 산작약이 홀연
히 피어난다. 이 산작약의 피어나는 순간 고달픔과 피
로는 보상을 받는다. 그리하여 그 찰나를 기쁨과 위안
을 "두 손으로 받"들어 안는 것이다. 이것이 바로 "환희
의 눈물"이고 자연의 위대함 앞에서의 겸허함이다.

흰구름이 몸 식히고
지나간 창포 못에

옥빛 고운 하늘 향이
언제 이리 고였는가

고요 속 홀로인 넉넉함에
나를 잃은 나를 본다

——「봄 한나절」

여기 창포 못이 있다. 이 연못에 구름도 머물다 가고,
"옥빛 고운 하늘"도 내려와 놀다 간다. 이 "고요 속 홀
로인 넉넉함에" 몰입해 있는 순간은 "나를 잃은 순간"
이다. '나'를 잃고 '나'를 바라본다. 이 찰나는 동양 철학
에서 말하는 다 도의 현현顯現이 이루어지는 순간일
테다. 그 순간을 향유하는 자는 온갖 세속잡사에서 벗
어난 홀연한 자유를 얻고 그것 안에 노닌다. 노자는 이
렇게 말한다. "도는 텅 비어 있되 아무리 써도 궁함이
없다. 그 깊이를 헤아릴 수 없으니, 만물의 근원이다.
道沖而用之或不盈, 淵兮似萬物之宗."(노자, 『도덕경』 제4장)
"고요 속 홀로인 넉넉함" 속에는 어떤 경계도 없고, 삼
가야 할 그 무슨 규범도 없다. 오직 있는 것은 대자유

의 홀로임 뿐이다. 그 순간 내가 나라는 구속에서조차
벗어난다.

6

한 권의 시집은 시의 '집'이고, 정원이며, 은유와 상상
으로 이루어진 나라다. 시의 '집'과 바깥 사이에는 문이
있다. 우리는 지레 붉은 '적막'이라는 입구를 통과해 문
을 열자 바로 시의 '집'이 펼쳐진다. 문을 열고 들어서
자 절집 마당과 지붕들이 있고, 바람과 구름, 봄과 겨
울 같은 기상 조건과 계절들이 펼쳐지고, 무수히 많은
꽃들과 수목들이 서 있고, 여기저기 계절의 순환과 함
께 덧없이 피고 지는 운명들이 있었다. 시인은 단지 피
동적 관찰자로 남는 것을 거부한다. 시인은 이것들에
제 오감을 비벼 생생한 실감을 얻고 상상 세계로 확장
시켜 인간 현상의 전조前兆와 견주면서 자신의 비밀과
직관을 노래한다.

빈 하루
소식 없이
바람 기별
한 줄 없이

그 잠깐 소낙비에
나리꽃이 지는 나절

울 아래
당신 자리엔
산그늘이 내립니다

— 「그 자리」

우리는 저마다 누군가의 기별을 기다리며 산다. 당신
은 여기에 없다. 그렇기에 기별을 기다리지만 당신에게
선 아무 기별이 없다. "울 아래/당신 자리엔/산그늘이
내립니다". 당신은 없고, 그 부재의 자리에는 산그늘이
내려와 있다. "그 자리"는 비어 있다. 그 자리는 지금 여
기에 없는 당신의 자리이면서 또한 시가 자라야 할 터
전이다. 시인의 시세계는 "시인이란 슬픈 천명"(윤동주)
으로 빚고 가꾼 상상의 정원이다. 어떤 시편들은 너무
나 단순해서 우리 심령에 깊은 파문을 만들지 못했을
수도 있다. 그의 시세계는 대체로 맑고 순수하다고 할
수 있다. 우리는 그의 시들이 심연이 되기를 바란다. 우
리가 시의 '집'으로 들어올 때의 문은 다시 시의 '집' 바
깥으로 나갈 때의 그 문이다.